황청원 마음단시

늙어서도 빛나는 그 꽃

눈멀어서도 빛나는 꿈

황청원 마음단시

책만드는집

일흔 나이에
이 무슨 가벼움인가.

그래도
먼 여행 떠난 후
그리울 이들에게
언젠가 한 번쯤
슬쩍 보여주고 싶었던
마음속 단시短詩들이다.

2024년 여름
황청원

그 꽃인 듯

초여름
푸른 빗소리로
지친 몸 마음
칼칼하게 닦아
저기 마당귀
홀로 피어 적적한
하늘말나리꽃 옆
그 꽃인 듯
나란히 서서
꽃등처럼
환해질 수 있다면
그 또한
한생 지나는
기쁨이겠네

| 차례 |

01 차 마시고 가거라 나비야

02　어머니는 붉은 동백꽃

03 바다로 가 함께 잠들자

05 어 내 빈 의자에 꽃비다

01

차 마시고
가거라
나비야

봄 편지

눈 속 매화 기별했더라
누가 불러 그리 간다고

훨훨

훨훨 나비 난다
그냥 간다 훨훨
꽃이라도 돼줄걸

집 한 채

아는 이들의 이름
문득 불러보고 싶은 것은
아는 이들의 얼굴
문득 바라보고 싶은 것은
이승 살며 내 안에
그들의 집 한 채 지은 까닭이다

다른 생각

법정스님은 홀로 사는 즐거움*이라 했는데
나는 혼자 살기엔 너무 쓸쓸한 세상*이라 했다

* 책 제목.

단풍

그대 붉으니
나도 붉어요

몸속 피
남김없이
다 썼나 봐요

사막으로 가리

한밤중 북인도 사막에 홀로 누워 꼭 하늘 한번 보라 하
였다

수많은 밤별 세다 보면 잊고 싶은 세상사 아득해질 거라
하였다

깨꽃 피는 밤

달빛이 하얗다
깨꽃도 하얗다

걸림 없이 핀다

다가가 말했다
니가 꽃부처다

새들도 오지 않을 것이다

사람들 편히 다닐 길 낸다고
앞산 소나무들 잘려 나간다
비바람 이겨낸 지난 세월이
허망하고 무참하게 쓰러진다
해 질 녘이면 돌아오던 새들도
이젠 아예 오지 않을 것이다
정든 데 두고 떠나면 슬프다

달 뜨면 뭐 하지

하늘에 달 뜨면 하늘을 바라보고
호수에 달 뜨면 호수를 바라보고
마음에 달 뜨면 마음을 바라보고

다 잊으라고

오늘도 꽃이 핀다 나를 위해
눈물 나는 일들은 다 잊으라고

목어 木魚

노을길 따라가는데
큰 눈 천천히 껌벅이며
늙은 목어가 불러 세운다
내 배 속을 들여다봐 봐
뭐가 있나 아무것도 없다
텅 비워질수록 타다닥 탁탁
소리 창창해져 먼 산도 넘지
그대도 이미 알고 있겠지만

속으로 웃을 때

내 머리 꼬리엔
크고 작은 점들이
옹기종기 모여 있거든
마치 어두운 하늘에 걸린
파란 별처럼 말이야
가끔 혼자 속으로 웃지
친구들이 나를 부를 땐

어이 하늘별박이왕잠자리

마음똥
– 야초툰*

내가 쓰는 볼펜은 똥이 나오지 않는데
그가 쓰는 볼펜은 똥이 나온다고 했다
요즘도 똥 나오는 볼펜 있느냐 물었더니
글씨 쓰며 애쓰는 볼펜의 마음똥이란다
사느라 애쓰는 사람들 마음똥 좀 싸겠다

* 웹툰·판타지소설 작가.

어둠별*

그 별 이른 저녁에 뜨면 어둠이 오지
그 별 이른 새벽에 뜨면 어둠이 가지

작은 샘

한없이 우뚝 솟은 히말라야 산정에
작은 샘 하나 있어 맑기가 거울 같단다
아무리 눈 내려도 금방 녹아 물이 되고
휘몰아치는 바람도 모른 척 비껴간단다
고요한 수면 위로 애기눈썹달 뜨는 밤
별들도 따라 내려와 함께 배경이 된단다
그런데 나는 누구의 무엇도 되지 못하고
마음속 산정의 샘도 아직 만나지 못했단다

상처

누구는 그 자리에 눈물을 떨구고

누구는 그 자리에 꽃을 피우고

덕분에 웃지요

해 지는 저물녘
산 아래 빈 절터

늙은 돌탑 서넛이
서로 보고 웃는다

02

어머니는
붉은 동백꽃

초저녁달

산 정수리에 초승달 떴다
먼 그 사람도 보고 있을까

달마

어서
돌아봐라

등 뒤에도
꽃 핀다

별

– 나에게

하늘로 먼저 간 이들은 별이 되고
나는 아직 길 따라가는 나그네다

낙화

밤내 바람 불었나
떨어진 꽃잎들 많다
쓸지 말고 그냥 두자

첫사랑

오는 줄도 전혀 몰랐었는데
어느새 찾아와 기다리고 있었다

문밖을 서성이던 별똥별 하나

전생

꽃도 사람인 적 있다
사람도 꽃인 적 있다

지는 동백

붉은 꽃빛 발아래 뿌려주고
어디어디를 멀리 가시려는가

그대 다시 올 걸 이미 아는데도
가슴속 돋는 눈물은 이 뭣고?

가을

둘이 있어도 눈물 난다
혼자 있으면 더 눈물 난다

설법

너는 오늘 어디가 그리 아프냐
마음집에 그림자만 가득합니다
빈집의 불빛이 더 눈부시느니라

남은 꽃

다른 꽃들 다 질 때
아직 살아서 남은 꽃

뭐라 할 말이 남았나
두고 갈 미소가 남았나

봄날

늦은 봄날 소나무 송홧가루 날린다
세상에 날릴 것 없는 사람도 많다

대숲길
−이견토굴怡見土窟*

저녁 어스름 무렵
대숲길 지나 누가 온다
선한 초승달 머리에 이고
슬픔 한 장 마음에 묻고
마른 댓잎 서걱이듯 온다

* 화가 김양수의 당호.

꽃씨

너와 말하고 웃는 지금 시간
전생에 뿌려놓은 꽃씨 덕분

통도사

부처는 어디로 갔나
큰 법당이 텅 비었다

뜨락에 홍매화 피었다
아 매화불 매화불이다

오지 않는 사람

가고 오지 않는 이가 가끔 생각날 때 있다
아직 마음 어디 떠난 빈자리 있는가 보다

지금

바람 불다가 비 온다 지금
아아 꽃 핀다 그대들 덕분에

빨간 우체통

내가
모르는 사이
누가 찾아왔을까

차마
열어볼 수 없는
그대의 아련한 세상

03

바다로 가
함께 잠들자

간다 그리운 곳으로

사람들 말 잊지 못한다
연어가 정말 다시 온다요
그래서 북태평양 친구
흰긴수염고래 만날 때마다
나는 꿈꾸듯 꿈꾸듯 말했다
지리산 붉게 단풍 들면
은하수 더 잘 보이는 섬진강이
태어난 처음 고향이라고
올가을에 그곳에 갈 거라고

폭포 1

아래로 아래로
온몸 던져 부서져도
맨 처음 마음은 그대로다

혼자

가본 지 오래인 베네치아에
두셋이 아닌 혼자 가면 어떨까
거미줄 같은 골목들마다 물이 차올라
발목 적시는 건 전혀 아랑곳하지 않고
모처럼 보게 된 저녁노을의 황홀함을
꿈인 듯 너그러이 주워 담을 수 있을까
차츰 저무는 노을도 까마득히 잊은 채

바다 일박

바다는 아파서 찾아온 이들 모두 잠재우고
진한 그리움 한 장 이불처럼 그 바다 덮는다

어느새 밤 깊어 아픔의 시간도 잊은 지 오래
하늘에서 먼 별 내려와 슬쩍 내 무릎을 친다

나비

마음 가는 꽃에만 앉지 않는다
두루 차별 없이 날아가 앉는다

윤슬

해가 너를 바라볼 때
너는 끝없이 반짝인다
달이 너를 바라볼 때
너는 한없이 눈부시다
해와 달이 너를 바라보듯
서로 오롯이 바라봐야만
비로소 반짝이고 눈부시다

화엄사

섬진강 은어들
소풍 와 놀다 간 자리
하도 적적하여
목어 하나 달았더니
혼자 남은 동백꽃
너무 좋아 웃느라
잎 지는 줄 모릅니다

마른 갈대

바람에 흔들리는 갈대가 말했다

나는 흔들릴수록 더 단단해져요

고추잠자리

잠자리 손등에 앉았다
붉은 꼬리가 따뜻하다
누구 손등에 앉았을까

모래톱

이제야 알았네
그대가 갖다 놓은
손톱만 한 그리움

구름 풍경風磬

내 집은 산속 절이 아니에요
저 높은 하늘 구름이 집이지요
살랑바람엔 쉽게 흔들리지 않아요
구름이 빠르게 흘러갈 때만 흔들려요
구름에 매달린 채 내는 소리가 좋아요
처마 끝 풍경 소리는 절 안에 울리지만
구름 풍경 소리는 온 세상에 울리거든요

가을밤

제주에서 보내온 풀벌레 소리 한 움큼

혼자 밤 지나는 이의 눈물 자국 보인다

꽃 속

그대 어느 날 꽃으로 온다면
꺾지 않고 그저 바라봐야지
꽃 속 깊이 그리움 묻어두고
오래 마주 서 바라만 봐야지

폭포 2

멀리
물길 따라가거라
그러나 본래 자리는
꼭 잊지 말고

안부

거기 앞뜰에 피던 꽃은 지는가요
여기 뒤뜰에 피던 꽃은 지는군요
세상에 지지 않는 꽃은 없겠지요

그런 그리운 것 하나쯤

누구나 그리움 하나쯤 품고 살지

아무에게 무엇이라 말하지 않으면서

평생 한 번도 빼보려 애쓴 적 없는

녹슨 못 같은 그런 그리운 것 하나쯤

이 지상 어딘가에

오늘 저 파란 하늘빛을 볼 수 있군요

오늘 꽃을 향해 이쁘다 말할 수 있군요

오늘 숲의 나무를 꽉 포옹할 수 있군요

오늘 한식구 강아지를 바라볼 수 있군요

오늘 오롯이 당신을 위해 기도할 수 있군요

오늘 이 지상 어딘가에 살아 있는 것만으로

04

강아지 눈물 속
달을 보았네

새벽기도 중

일찍 잠 깬 새들 묻는다
본래 생사가 없을까요?
아무 말 못 하고 웃었다

초승달
― 가실*

눈물 젖은 개의 눈 속
초승달 하나 걸렸습니다
낯선 집 앞 깜박 졸다가
꿈길에서 얻은 거랍니다
함께 달 보던 이 생각나
아직 걸어두고 산답니다

* 마음 따뜻한 동물의사 송우섭을 만나 죽음 이겨내고 나와 함께 살고 있는
유기견.

당부

달빛 들지 않아
잠깐씩 외면하던
삶의 모서리에도
밤이면 밤마다
파랑새 찾아와
잠 속 날다 감을
부디 잊지 마세요

미소불*

그대 보고 돌아온 날
밤내 입속 맴돌던 말

그대 미소 꽃이시네

* 안성 죽산면 미륵석불.

지난밤

갈 수 없는 곳으로 별똥별 진다
별똥별 진 자리엔 별이 있을까?

자작나무

이름 불러주는 이 있거든
빛나는 잎 흔들어 답하리

눈빛 바라보는 이 있거든
희디흰 몸 비비며 답하리

사랑한다고 다가올 때는
그렇게 답하는 것이라지

콩깍지

너를 집 삼아
함께 사는 콩들은
좋겠다 참 좋겠다
틈새 없이 단단하게
몸 대고 살 수 있으니

너를 바라보고 있다

사는 일 눈물 난다
울지 마라 울지 마라
가장 그리운 것들이
너를 바라보고 있다

소우당笑雨堂*

어느 집 앞에서 빗소리 듣네
눈 감고 가만히 귀 기울이네
그 집 사는 이의 웃음소리네

* 누이 황미경의 당호.

함께

나무가 홀로 서서 나를 바라본다
나도 홀로 서서 나무를 바라본다
홀로 서서 바라보고 산 지 오래다

그래 멀리 떨어져 얼굴 희미해도
세월 속 지나 이 길 끝날 때까지
서로 바라보며 함께 가는 것이다

찻잔

찻잔에 저문 눈썹달 떴다
눈물 나 그냥 두고 보았다

흰 개

세상의 눈빛 잊은 지 오래인
고독한 흰 개 한 마리 걸어간다

새들 따라가며 뿌리는 눈빛에
고독한 흰 개의 등이 안온하다

고향 집

옛길 따라갔더니 아무도 없더라
해당꽃 붉은 잎만 발등을 덮더라

마음 호수

젊은 날의 기억은 빠르게 사라지고
어느 날 나눴던 말들마저 흐리다

집 앞 호숫가에 서서 멀리 바라보니
떠날 길 끝 아직도 기다리고 있다

이젠 바람 한 점 없이 고요 떠 있을
그대의 마음 호수를 가보고 싶다

매미

너무 기쁘게 노래하고 있을지 모르는 너에게
너무 슬프게 울지 말라는 어리석은 나의 편견

세월

누가 찾아와 말하네
지나가는 바람 속에
세월 웃고 가더라고
웃음 속 꽃 있더라고

05

어
내 빈 의자에
꽃비다

용설호수에서

햇빛 호수를 보네
달빛 호수를 보네
볼수록 참 빛나네

나도 저기 호수처럼
한없이 넓고 깊어져
늙어서도 빛나는 법
꼭 알아내 편지함세

적멸寂滅

가진 것 없이
가진 것 없는 데로
혼자서 간다

오랜 인연

늘어서 다시 만나
순한 햇살 아래 앉으니
빨리 가는 세월도
슬쩍 돌아보며 웃는다

회광반조回光返照

경전 읽다
한참 울었다
회광반조란다

살아서
나는 나를
몇 번이나
돌아볼 수 있을까

은둔

문을 닫는다
집으로 난 길들도
싹둑 잘랐다
씨앗 하나 품는다
마음은 박토지만
새 움을 기다린다
홀로

선정禪定

홀로 앉아 나를 찾네
내 안에는 내가 없네
아주 오래된 빈 길뿐이네

한생

가보지 않으면 먼 길
가보고 나면 가까운 길

화두話頭

묵청빛 바다에서 달 건졌다
달은 그냥 한밤중 달빛이다

은장도

마음에 품은 지 오래
살아선 뽑을 수 없는
은장도의 형형한 눈빛

안타레스*

사람들만 늙어가 차츰 빛을 잃는 줄 알았는데
먼 하늘 그대도 늙어갈수록 차츰 빛을 잃는다지요

* 지구에서 500~600광년 떨어진 별로 생명이 다해가고 있는 늙은 별.

묵언

멀리 떠났던 길들 돌아와
언제쯤 떠날 거냐 물어도
떠날 때 아직 알 수 없어
아무런 답도 하지 못했네

화엄경

세상 꽃들 다 피었다
보고픈 것들 다 있다

무無

나도
나를 아는 너도
너를 아는 누구도
아무도 없다

언젠가는

마지막 말
– 허무상*에게

티끌 미련 남김없이
바람인 듯 놀다 오게

누가 오라 손짓하니
나 먼저 가 기다릴게

* 글씨·그림 새김작가.

다비 茶毘

세상 끝에 닿았다
부질없음의 뜻 또렷하다
살면서 집착에 꽉 묶인 채
미련으로 놓지 못했던 것들
가볍게 버리고 불 속에 든다

피안彼岸

강 건너 환한 마을에
그대 사는 집 보인다

미안하다

많이 아프다고 말할 때
많이 눈물 난다고 말할 때
마음 열고 들어주지 못했구나
고통스럽게 아프지 않았다고
진하게 눈물 난 적 없었다고
아무것도 헤아리지 못했구나
아플 때 같이 아파하고
눈물 날 때 같이 눈물 흘리는 것이
함께 사는 의미인 줄 알면서도
그러지 못했구나 못했구나
가야 할 데 찾아 바삐 헤맨다고
이미 주어진 나의 시간들
다 쓸 무렵 비로소 알게 돼
순간 툭 지는 꽃 보듯 아쉽구나

짧은 말, 깊은 속내
– 황청원 마음단시『늙어서도 빛나는 그 꽃』

박상률 시인

1.

'文短意長'이라는 말이 있다. '문장은 짧게, 뜻은 길게'로 새길 수 있는 말이다. 황청원 시인의 시집『늙어서도 빛나는 그 꽃』에 실린 시들이 거의 그 말에 들어맞는다. 황청원 시인은 짧은 시들을 내보이면서 '시인의 말'에 겸손하게 "마음속 단시短詩"라고 썼지만, 말이 짧다고 그 의미까지 짧거나 가볍지 않다.

시인은 여는 시「그 꽃인 듯」에서 마당 구석에 홀로 피어 쓸쓸해 보이는 하늘말나리 옆에 그 꽃인 듯 나란히 서서 꽃등처럼 환해질 수 있다면 "그 또한/ 한생 지나는/ 기쁨이겠네"라고 힘주어 말한다. 유정물이든 무정물이든 생명 있는 모든 것들에게서 동

질감을 느끼고 위로를 얻는 시인의 모습이 잡힌다.

> 훨훨 나비 난다
> 그냥 간다 훨훨
> 꽃이라도 돼줄걸
> ―「훨훨」 전문

꽃이 없어 내려앉지 못하고 그냥 훨훨 날아가는 나비를 보고 자신이 꽃이라도 되어주지 못한 걸 아쉬워한다. 언뜻 보면, 꽃이 되어 나비를 쉬게 하거나 나비의 벗이 되어주었어야 하는데 그리하지 못한 시인 자신을 책망하는 듯 보인다. 그런데 자세히 들여다보면 나비가 되어 훨훨 날아가야 하는 시인 자신의 속내가 읽힌다. 집착하지 않고, 걸림 없이, 거침없이 사는 시인의 자세! 단 석 줄이지만 품고 있는 의미가 만만치 않은 시다. 文短意長이라는 말에 딱 들어맞는다.

겉으로 요란하게 말을 많이 하면 차분히 내면을 들여다보기가 어렵다. '말은 적게, 속 모습은 널찍하게'도 文短意長이다.

> 늦은 봄날 소나무 송홧가루 날린다
> 세상에 날릴 것 없는 사람도 많다
> ―「봄날」 전문

송화는 소나무의 꽃으로, 송홧가루는 소나무의 꽃가루이다. 소나무는 바람으로 수분을 하는 풍매화이므로 봄철이면 바람에 노란 송홧가루를 많이 날려야 한다. 아무렇지 않은 사람들도 많이 있지만 송홧가루 알레르기가 있는 사람들에겐 비염, 천식, 결막염, 두드러기 등을 유발하는 불청객이다. 그런 불청객이 날아다니는 봄날이지만 "세상에 날릴 것 없는 사람도 많다"고 하면서 시인은 자신을 다잡는다. 자신을 다잡는 게 그것뿐만이 아니다.

아래로 아래로
온몸 던져 부서져도
맨 처음 마음은 그대로다
 -「폭포 1」전문

흔히 초심, 즉 첫 마음을 잃지 말고 살아야 한다고 한다. 하지만 많은 사람들이 바람 부는 대로 물결치는 대로 흔들리며 산다. 시인은 아래로 아래로 온몸 부서져 내리는 폭포에서도 변치 않는 첫 마음을 본다.

2.

어디에든 무엇에든 집착하지 않고 걸림 없고 거침없이 사는 시인의 태도이기에 어디에서도, 무엇에서도 부처를 본다. 가령 이런 시.

달빛이 하얗다
깨꽃도 하얗다

걸림 없이 핀다

다가가 말했다
니가 꽃부처다
　–「깨꽃 피는 밤」 전문

하얀 달빛이 쏟아지는 밤, 하얀 깨꽃이 하얀 달빛을 받아 더욱 하얗다. 사실 달빛이 하얗게 쏟아지든, 달이 없어 까만 밤이든 깨꽃은 하얗게 핀다. 깨꽃은 시절인연이 피어나야 하는 때여서 피어났을 뿐이리라. 어쩌면 자신이 해야 할 일을 했을 뿐인지도 모른다. 그러나 시인은 고맙다. 그래서 꽃에 다가가 말한다. "니가 꽃부처다"라고. 시인의 눈에 들어오는 것은 모두 다 고마운

존재들이다. 시인의 주변에 있는 모든 존재들은 그래서 부처이
다. 그 존재들 자리에선 시인을 부처로 느끼는지도 모른다. 이렇
게 추측하는 까닭은 시인이 「전생」이라는 시에서 "꽃도 사람인
적 있다/ 사람도 꽃인 적 있다"면서 '나'와 '나 아닌 남'을 나누지
않고 하나로 여기고 있기 때문이다. 나와 남을 나누지 않는 존재
방식인 자타일여自他一如 내지는 자타불이自他不二의 태도는 대승
불교의 주요한 바탕 정신이다. 시인은 그러한 삶의 태도로 모든
것을 대한다. 전생이니 윤회니 하는 존재 방식을 조금이라도 이
해하자면, 무엇보다도 나 자신을 이루는 것과 나 자신을 둘러싸
고 있는 모든 것들이 하나라는 인식이 먼저이다. 시인은 그게 거
의 육화되어 있다. 그래서 이런 노래가 나왔으리라.

바람 불다가 비 온다 지금
아아 꽃 핀다 그대들 덕분에
－「지금」 전문

바람 부는 현상, 비 오는 현상, 꽃 피는 현상 모두 시인의 몸 바
깥에서 일어나는 일이다. 하지만 시인은 온몸으로 그러한 현상
을 모두 느끼고 있다. 바라보고 있기만 하는 게 아니다. 그렇기
에 꽃이 되어 마침내 고마움을 전한다. 꽃이 필 수 있었던 건 바
람과 비 그대들 덕분이라고! 어느 것 하나도 따로 놀아선 일어날

수 없는 일이다. 그렇다고 그가 모든 이치를 말로 다 풀어낼 수도 없다. 그럴 때 그는 말 대신 웃어준다.

일찍 잠 깬 새들 묻는다
본래 생사가 없을까요?
아무 말 못 하고 웃었다
　-「새벽기도 중」 전문

새들하고도 교감을 이루고 살지만 무슨 설명이 필요하겠는 가? 새들의 지저귐 속에 들어 있는 질문을 이해했으면 이러쿵저 러쿵 말을 하여 더 어렵게 할 것 없이 그저 웃음으로 화답하여 질 문자로 하여금 바로 대답의 의미를 알게 해주면 그만이다. 그러 나 사람 위주로만 생각하면 새들하고도 교감을 이루지 못한다.

사람들 편히 다닐 길 낸다고
앞산 소나무들 잘려 나간다
비바람 이겨낸 지난 세월이
허망하고 무참하게 쓰러진다
해 질 녘이면 돌아오던 새들도
이젠 아예 오지 않을 것이다
정든 데 두고 떠나면 슬프다

-「새들도 오지 않을 것이다」 전문

사람 다닐 길 내려고 소나무를 베어낸다. 소나무의 지난 세월
이 사라진다. 소나무가 없어지면 새들도 찾아오지 않는다. 소나
무도 없고 새도 없으면 사람은 존재할까? 당장은 사람 위주가
편리하게 느껴지겠지만 얼마 못 가 같은 논리로 사람도 살지 못
하게 될지 모른다. "정든 데 두고 떠나면 슬프다"라는 말이 헛말
이 아니다. 사람이고 자연이고 다들 서로 기대어 살고 있기 때문
이다.

3.

시인은 자연물은 물론 자신의 몸조차도 오랫동안 맺은 인연
으로 여긴다.

경전 읽다
한참 울었다
회광반조란다

살아서

나는 나를

몇 번이나

돌아볼 수 있을까

　ー「회광반조回光返照」전문

　여기서 말하는 경전은 물론 불경이다. 많은 사람들이 알고 있듯이 시인의 불연佛緣은 깊다. 한때는 절집에서 살기도 했다. 승복을 입었든 벗었든 시인은 부처의 삶을 살고 있다. 빛을 거꾸로 자신에게 비추어봄으로써, 자신을 돌아봄으로써 참나를 찾는 일이 회광반조이다. 그래서 시인은 "살아서/ 나는 나를/ 몇 번이나/ 돌아볼 수 있을까" 하며 울었다. 시인은 선정에 들 때면 더욱 자기 자신을 찾는다.

　홀로 앉아 나를 찾네

　내 안에는 내가 없네

　아주 오래된 빈 길뿐이네

　ー「선정禪定」전문

　자기 자신의 참모습을 찾기 위해 선정에 든다. 그때 홀연히 깨닫는다. 내 안에 내가 없다는 사실과 내 안에 오래된 빈 길이 놓여 있다는 사실을……. 그도 선정에 들 때 화두를 든다.

묵청빛 바다에서 달 건졌다
달은 그냥 한밤중 달빛이다
   -「화두話頭」 전문

두루 알다시피 화두는 선정에 들 때 깨달음을 얻기 위한 실마리로 참구하는 문제이다. 시인이 '화두'라 명명하고 쓴 시는 단두 줄이다. 자기 자신을 포함한 사물이든 대상이든 있는 그대로 알아차리는 일은 쉽지 않다. 바다에서 건져낸 달이 "한밤중 달빛"이었다고 했다. 필자로선 가늠을 할 수 없는 경지이다. 뜬금없이 일제강점기 시대의 시인인 김기림의 시 「바다와 나비」 앞부분이 떠오른다. "아무도 그에게 수심水深을 일러준 일이 없기에/ 흰 나비는 도무지 바다가 무섭지 않다"고 한 대목. 그렇다. 나비는 바다의 깊이를 모르기에 바다가 무섭지 않다. 그래서 시인이 그저 "달은 그냥 한밤중 달빛이다"라고 한 경지가 감탄스럽기만 하다.

시인에게 화두는 정해진 틀에 맞추어져 있지 않다. 시인을 막힘없이 살게 하는 것이면 유정물 무정물 가리지 않는다.

세상의 눈빛 잊은 지 오래인
고독한 흰 개 한 마리 걸어간다

새들 따라가며 뿌리는 눈빛에

고독한 흰 개의 등이 안온하다

－「흰 개」전문

새와 개를 차별하지 않음은 물론, 오히려 서로 힘이 되어주고
있는 모습이 뿌듯하다.

눈물 젖은 개의 눈 속

초승달 하나 걸렸습니다

낯선 집 앞 깜박 졸다가

꿈길에서 얻은 거랍니다

함께 달 보던 이 생각나

아직 걸어두고 산답니다

－「초승달 - 가실」전문

개의 눈 속에 초승달이 들어 있다. 개의 눈 속에 시인의 형상도
들어 있을 것이다. 시인의 눈 속에는 초승달이며 개가 들어 있을
테고, 또 초승달 눈 속엔 개와 시인의 형상이 들어 있으리라. 서
로의 눈 속에 들어앉은 저마다의 모습. 세상은 삼라만상 서로가
바라보며 있다. 이른바 눈부처. 그래서 그랬는지 어떤 가요에선

"당신의 눈 속에 내가 있고, 내 눈 속에 당신이 있을 때"라고 노래하기도 했다.

4.

깊이 들여다보며 시인의 경지를 짐작이라도 해야 하는 시는 또 있다.

> 늙어서 다시 만나
> 순한 햇살 아래 앉으니
> 빨리 가는 세월도
> 슬쩍 돌아보며 웃는다
> ─「오랜 인연」 전문

얼핏 보면 젊어서 알던 지인이나 벗을 나이 들어 만난 성싶다. 아니면 어릴 때의 기억이 담긴 어떤 사물일 수도 있겠다. 어쨌든 예전의 뜨거운 햇살이 아니라 "순한" 햇살을 쪼이고 있으니 "빨리 가는(가버린/달아난) 세월도/ 슬쩍 돌아보며 웃는다"고 했다. 시인은 시방 "오랜 인연"과 같이 있다. 오랜 인연이 누구일까? 무엇일까? 시는 제목도 본문이나 마찬가지이지만, 시인과 오랜 인연을 함께 아는 세월이 슬쩍 돌아보며 웃어주었다고 느끼는 시인의 마음. 어떻게 해야 그 경지에 이를 수 있을까?

시인은 「달마」에서 "등 뒤에도/ 꽃 핀다"고 돌아보라고 한다. 시인에겐 살아온 모든 흔적이 다 꽃이다. 가던 세월도 돌아와 미소 짓는 것을 아는 시인이다. 그렇기에 떨어진 꽃잎도 쓸지 말고 그냥 두자고 한다.

밤내 바람 불었나
떨어진 꽃잎들 많다
쓸지 말고 그냥 두자
　－「낙화」 전문

시인은 매화를 좋아한다. 매화는 그의 "오랜 인연"이다.

눈 속 매화 기별했더라
누가 불러 그리 간다고
　－「봄 편지」 전문

시인은 특히 통도사 홍매화를 좋아한다. 통도사의 홍매화는 그가 '매화불'이라고 할 정도로 귀히 여긴다. 통도사에선 매화도 부처가 되어 절집을 구성한다.

부처는 어디로 갔나
큰 법당이 텅 비었다

뜨락에 홍매화 피었다
아 매화불 매화불이다
　－「통도사」 전문

　매화를 좋아하는 이가 또 있다. 매화를 좋아해서 매화 그림을
즐겨 그리고 통도사에서 매화 그림 전시회를 하기도 한 김양수
화백. 김양수 화백도 시인의 오랜 인연이다. 통도사 홍매화를 생
각하면 김양수 화백이 떠오르는 시인. 그래서 슬쩍 자신의 마음
을 전하기도 한다.

저녁 어스름 무렵
대숲길 지나 누가 온다
선한 초승달 머리에 이고
슬픔 한 장 마음에 묻고
마른 댓잎 서걱이듯 온다
　－「대숲길 - 이견토굴怡見土窟」 전문

5.

　절집을 구성하는 것은 모두 시인의 눈길이 가닿아 시인과 교감하지만, 시인은 목어의 속 모습까지도 꿰뚫고 있다.

　　노을길 따라가는데
　　큰 눈 천천히 껌벅이며
　　늙은 목어가 불러 세운다
　　내 배 속을 들여다봐 봐
　　뭐가 있나 아무것도 없다
　　텅 비워질수록 타다닥 탁탁
　　소리 창창해져 먼 산도 넘지
　　그대도 이미 알고 있겠지만
　　　－「목어木魚」 전문

　시인은 길을 간다. 구도求道이다. 참된 진리의 길道을 찾아 걷는다. 도중에 만난 늙은 목어가 자기 배 속을 들여다보라고 한다. 시인은 텅 빈 목어의 배 속을 본다. 텅 비어 있기에 먼 산을 넘을 수 있구나, 깨달음의 한소식이 읽힌다. 자못 동화적이기까지 하다.
　시인에게 진리나 깨달음은 멀리 있지 않다. 모든 걸 갖춘 상태에 있지도 않다. 바로 곁에, 일상에서도 진리가 드러나고, 부족한 데에서도 깨달음은 존재한다.

너는 오늘 어디가 그리 아프냐
마음집에 그림자만 가득합니다
빈집의 불빛이 더 눈부시느니라
    ―「설법」 전문

목어는 속이 비어 있으므로 멀리 가는 소리를 내고, 빈집은 비어 있기에 불빛이 더 눈부시다. 역설 같지만 사실이 그렇다. 시인은 그 사실을 놓치지 않는다. 그래서 시인의 길은 구도의 길이기도 하다. 참된 것은 꼭 챙기는! 하지만 이 세상 모든 것은 성주괴공成住壞空, 즉 일어났다가, 머물렀다가, 파괴되었다가, 아예 빈 상태로 오래 이어진다는 걸 알기에 시인은 '지는 것'들에 대해서도 애틋하다.

붉은 꽃빛 발아래 뿌려주고
어디어디를 멀리 가시려는가

그대 다시 올 걸 이미 아는데도
가슴속 돋는 눈물은 이 뭣고?

-「지는 동백」 전문

지는 동백은 애틋하면서도 깨달음을 준다. 다시 올 걸 알면서
도 가슴속엔 눈물이 흐른다. 이 눈물은 "이 뭣고?". 이 역시 화두
가 된다.

섬진강 은어들
소풍 와 놀다 간 자리
하도 적적하여
목어 하나 달았더니
혼자 남은 동백꽃
너무 좋아 웃느라
잎 지는 줄 모릅니다
-「화엄사」 전문

동백꽃은 붉게 피었다가 어느 순간 톡 떨어진다. 미련이 없다.
자신이 지고 있어도 걱정하지 않는다. 시인도 그러하다.

하늘로 먼저 간 이들은 별이 되고
나는 아직 길 따라가는 나그네다
-「별 - 나에게」 전문

길을 가면서 가끔 하늘을 쳐다본다. "오랜 인연" 중에 먼저 간 이들은 하늘의 별이 되어 있다. 시인 자신은 아직 길을 걷고 있는 나그네임을 안다. 물론 시인이 나그네 되어 걷는 길은 道를 구하는 길이다.